W0267700

PERSONNAGES

LES QUATRE REINES DU COSPLAY

MAYURA | YOKI HOSHIZUKI | NAGOMI ♡ | ERIKA AWAYUKI

OKUMURA

ÉLÈVE EN DEUXIÈME ANNÉE DE LYCÉE. C'EST LE PRÉSIDENT DU CLUB DE MANGA. ABANDONNÉ PAR SA MÈRE ET REJETÉ PAR SA SŒUR, OKUMURA ÉPROUVE UNE VÉRITABLE RÉPULSION VIS-À-VIS DES FILLES EN 3D. SEULES LES FILLES 2D L'INTÉRESSENT. LES ARCANES DU VÉRITABLE AMOUR LUI SONT INCONNUS...

MIKARI TACHIBANA

ÉLÈVE EN PREMIÈRE ANNÉE DE LYCÉE ET MANNEQUIN DE RENOM. ELLE FAIT PARTIE DE LA MÊME CLASSE QUE LILYSA. AMIE D'ENFANCE D'OKUMURA, ELLE EST SECRÈTEMENT AMOUREUSE DE LUI DEPUIS 10 ANS. INSENSIBLE AUX FILLES 3D, OKUMURA N'A ÉVIDEMMENT RIEN REMARQUÉ.

OGINO

EXPERT DU COSPLAY, IL ENSEIGNE TOUT CE QU'IL SAIT À OKUMURA.

MAGINO

COSPLAYEUSE AGUERRIE QUI DONNE DE NOMBREUX CONSEILS À OKUMURA.

MAYURI HANYÛ

NOUVELLE ENSEIGNANTE AU LYCÉE D'OKUMURA. ELLE EST AUSSI LA RÉFÉRENTE DU CLUB DE MANGA.

RÉSUMÉ

AU DIABLE LES FILLES 3D !
POUR OKUMURA QUI N'A D'YEUX QUE POUR LES FILLES 2D ET PLUS PARTICULIÈREMENT LILIEL, L'ARRIVÉE DE LILYSA, UNE OTAKU PLEINE DE SURPRISES, RISQUE DE TOUT CHAMBOULER !

ARRIVÉS SUR LES LIEUX DE LA CONVENTION, OGINO ET OKUMURA METTENT AU POINT UNE STRATÉGIE AFIN D'ATTIRER L'ATTENTION DES VISITEURS. DANS LE MÊME TEMPS, LILYSA VOIT SON AMOUR DU COSPLAY ÉBRANLÉ APRÈS UN ÉCHANGE MOUVEMENTÉ AVEC NAGOMI, L'UNE DES QUATRE REINES DU COSPLAY. ARRIVERA-T-ELLE À REPRENDRE CONFIANCE EN ELLE AVANT LE DÉBUT DE LA CONVENTION ?!

TIRAILLÉ ENTRE 2D ET 3D, OKUMURA N'EST PAS PRÈS DE RETROUVER SES JOURS PAISIBLES D'OTAKU !!

2.5 DIMENSIONAL SEDUCTION

4

Sommaire

Cette œuvre est une fiction. Toute ressemblance avec des situations ou personnes existantes serait fortuite.

Pour faire apparaître Lilysa dans la vraie vie, scannez ce QR code.

Chapitre 25 : La force des pros !

TU AS BIENTÔT TERMINÉ ?
OUI, MADE-MOISELLE NAGOMI !!
LA TENUE EST SUPERBE !
TROP MIGNON !
LE BUSTE EST VOLONTAIREMENT CINTRÉ, MAIS N'HÉSITEZ PAS À ME PRÉVENIR SI VOUS AVEZ MAL !
NE T'EN FAIS PAS, JE SUIS HABITUÉE.
...
TU REPENSES À CETTE LILIEL ?
CE N'EST PAS TON GENRE...
DE PERDRE TES MOYENS FACE À UNE DÉBUTANTE.
C'EST TOUT À FAIT SON GENRE, MAIS JE NE PEUX PAS LUI DIRE...

ELLE M'A RAPPELÉ MAYURA…
ON VOYAIT CLAIREMENT SUR CETTE PHOTO…
À QUEL POINT ELLE AIME SON PERSONNAGE.
TOUT COMME MAYURA…
C'EST POUR DEVENIR LA MEILLEURE…
QUE J'INCARNE TOUJOURS LE DERNIER PERSONNAGE À LA MODE…
MAIS EN TERMES DE VENTES DE DVD, OU DU NOMBRE DE VISITEURS AUX SÉANCES PHOTOS…
MAYURA ET SON PERSONNAGE LUSTALOTTE M'ONT TOUJOURS SURPASSÉES…

ELLE A OSÉ DÉSERTER AVANT QUE J'AIE PU LA BATTRE !
ATCHOUM !
?
TU ES RANCUNIÈRE À CE POINT ?
OH, ÇA VA, HEIN !
ELLE A DU TALENT...
MAIS TU NE CROIS PAS QUE C'EST DU GÂCHIS ?
FAIRE DU COSPLAY UNIQUEMENT EN AYANT UN AMOUR INCOMMENSURABLE POUR SON PERSONNAGE ?
CETTE IDÉE FINIRA PAR CAUSER SA PERTE.
LE COSPLAY EST UN ART, ELLE DEVRAIT PRENDRE PLUS DE LIBERTÉS.

PEU IMPORTE LE PERSONNAGE QUE J'INCARNE...
J'AIME CHACUN D'ENTRE EUX...
ELLE AURAIT DÛ DIRE ÇA PLUS TÔT...
SACRÉE NAGOMI...
C'EST CE QUE TU VOULAIS LUI EXPLIQUER ?
NON, ELLE M'ÉNERVAIT... JE VOULAIS JUSTE LUI METTRE LA PRESSION ...
JE ME DISAIS BIEN...
MAIS...
SI MES PAROLES ONT SUFFI À LA DÉCOURAGER...
C'EST QU'ELLE N'EST PAS FAITE POUR CE MONDE...

LILIEL ?!
TU N'AS TOUJOURS PAS FINI DE TE CHANGER ?!
VSH
ON PEUT PASSER AVANT TOI ?
AH, OUI !
...
MON AMOUR DU COSPLAY... EST-IL FORT ?
AH !
MAGINO, PAR ICI !

ET LILIEL ?
...
ELLE SERA BIENTÔT PRÊTE...
NE T'INQUIÈTE PAS !
PAF PAF
DOUCEMENT !
...
MAIS ...
N'OUBLIE PAS DE LA SOUTENIR, QUOI QU'IL ARRIVE !
B... BIEN SÛR !!
C'EST DÉSERT, ICI...
EST-CE QU'ON COMMENCE LES PHOTOS ?
JE... JE SUPPOSE...
FSSSSSSH
LA CONVENTION A BIEN COMMENCÉ ?
NAGOMI !! IL N'Y A PERSONNE ICI, SORTONS PAR LÀ !
BLA BLA

REGARDE... C'EST NAGOMI...
!!
ELLE A L'AIR VRAIMENT DIFFÉRENTE...
SON REGARD... SON AURA...
ELLE INCARNE PARFAITEMENT IKORA.

LILIEL NE PERDRA PAS !!
NAGOMI ?!
C'EST NAGOMI !
...
BLA
BLA
NE RESTE PAS PLANTÉE LÀ !
TU ATTIRES LA FOULE !
HÉ ! ATTENDS !
IL ÉTAIT LÀ !!
QUI ÇA ?
TU NE L'AS PAS VU ?!
KA...
KA...
KA...
RESPIRE UN COUP...
EAU

KAI, ÉVIDEMMENT !
KAI ÉTAIT LÀ !!
PERSONNAGE DE PRINCE-C → KAI
JE CROIS QU'ON L'A PERDUE...
JE VOUS DIS LA VÉRITÉ !!
EST-CE QUE JE RÊVE ?
KAI EST VENU ME VOIR ?
APRÈS TANT D'EFFORTS...
ELLE A VRAIMENT GARDÉ SON ÂME D'ENFANT...
CIDÉ...
PAR-DON ?
C'EST DÉCIDÉ !
AUJOURD'HUI SERA LE MEILLEUR COSPLAY DE MA VIE !!

REMONTRE-MOI L'ARTWORK D'IKORA ENCORE UNE FOIS !!
O... OUI !!
JE NE L'AI JAMAIS VUE AUSSI SÉRIEUSE ...
JEUNE FILLE DE 17 ANS, NÉE DE DEUX MAGES LÉGENDAIRES, VIVANT SEULE À LA CAMPAGNE... UNE ENFANT CACHÉE...
CE SONT LES SEULES INFORMATIONS PUBLIQUES À SON SUJET...
TOUT CE QUE J'IMAGINERAI D'ELLE SERA ENSUITE CONSIDÉRÉ COMME OFFICIEL...
C'EST LA PRESSION D'ÊTRE SPONSORISÉE...
JE DOIS TOUT IMAGINER D'UNE SEULE IMAGE.
QUEL SOURIRE AURAIT-ELLE ?
LE PARFUM DE L'AIR QU'ELLE RESPIRE ?
À QUOI RESSEMBLE SON VILLAGE ?
JE DOIS DEVENIR...
IKORA...

EXCUSEZ-MOI, AURIEZ-VOUS UN INSTANT ?
DÉSOLÉE...
ELLE EST DÉJÀ...
ENTRÉE DANS LA DEUXIÈME DIMENSION.

C'EST BIZARRE…
ÇA FAIT DÉJÀ UNE HEURE…
C'EST BEAUCOUP TROP CALME…
POURQUOI PERSONNE NE SORT DES STANDS PROS ?
FSSSSSSH
JE VAIS JETER UN ŒIL !
ON T'ACCOMPAGNE !
?!
WAA
WAA
POURQUOI IL Y A AUTANT DE MONDE ICI ?
OUAH… SACRÉ APPAREIL…
IL VA PRENDRE UN OISEAU EN PHOTO OU QUOI ?!
!!
NON…
CE N'EST PAS POSSIBLE…
HEIN ?
TOUS CES GENS…

ILS SONT TOUS LÀ...
HIGH SCORE

POUR NAGOMI !!

QUOI ?!
IL NE DEVRAIT PAS Y AVOIR UNE TELLE FOULE ICI…
OUAH…
ON SE CROIRAIT AU COMIKET.
SÉANCE PHOTO DE NAGOMI À L'EXTÉRIEUR, S'IL VOUS PLAÎT !
ILS ONT SOUS-ESTIMÉ LE NOMBRE DE VISITEURS…
AU POINT DE DÉPLACER LA SÉANCE PHOTO À L'EXTÉRIEUR !!
NAGOMI SÉANCE PHOTO →
STAFF
UNE COSPLAYEUSE RENOMMÉE, UN PERSONNAGE POPULAIRE…
INCARNÉ DANS UN COSPLAY DE HAUTE QUALITÉ…
VOILÀ L'ÉTENDUE DU POUVOIR DES PROS…
JE L'AI COMPLÈTEMENT SOUS-ESTIMÉE !!
!!

TAP TAP TAP
NAGOMI, ON PREND 10 MINUTES DE PAUSE.
J'ESSAIE DE RESTER CONCENTRÉE, TU VEUX BIEN ?
FRANCHEMENT...
TU N'IRAS PAS LOIN SI TU NE BOIS PAS UN PEU.
C'EST L'ÉTÉ !
!
ENCORE UNE HEURE AVANT D'ALLER AU STAND DE VENTE.
MAIS JE N'AI TOUJOURS PAS VU KAI.
HMM...
?
IL EST PEUT-ÊTRE LÀ...
DANS LA FOULE...
NE DIS PAS N'IMPORTE QUOI...
JE VOIS CHACUN DES PHOTOGRAPHES ICI PRÉSENTS.
!!
JE M'Y REMETS !!
FRSH FRSH
ELLE EST VRAIMENT À FOND...
C'EST KAI QUI LA MOTIVE...

HAAA...
PAS D'AUTRE CHOIX QUE D'ATTENDRE QU'ELLE FINISSE SA SÉANCE PHOTO.
POUR-QUOI TU DIS ÇA ?!
IL N'Y AURA PLUS PERSONNE D'ICI LÀ !!
...
SACRÉ OKUMURA...
IL NE COMPTE PAS SE LAISSER ABATTRE.
LILYSA EN MET DU TEMPS, NON ?
C'EST VRAI...
JE VAIS L'APPELER...

LILYSA, QU'EST-CE QUE TU FAIS ?!
ELLE A OUBLIÉ QUELQUE CHOSE ?
DE QUOI ELLE A BESOIN ?
OUI...
JE...
JE NE TROUVE PAS MA JUPE !!
QUOI ?!

2.5 DIMENSIONAL SEDUCTION

HM ?
TOC コツ
TOC コツ
MAIS C'EST...
LILYSA !
Chapitre 26 :
L'imprévu de Lilysa
TU N'AS PAS TA JUPE ?!
QUOI ?!
TU NE L'AS PAS OUBLIÉE CHEZ TOI ?!
N... NON...
JE SUIS SÛRE DE L'AVOIR MISE DANS MA VALISE...

QUELQU'UN L'A PEUT-ÊTRE PRISE PAR MÉGARDE DANS LES VESTIAIRES…
!!
TU TE RAPPELLES DE QUI ÉTAIT À CÔTÉ DE TOI ?!
NON… JE NE SAIS PLUS…
PEUT-ÊTRE CETTE FILLE QUI M'A PARLÉ…
LA SITUATION EST GRAVE…
ON NE PEUT PAS INTERROGER TOUT LE MONDE…
JE VAIS VÉRIFIER AUX OBJETS TROUVÉS…
NON…
OKUMURA…
NON…
CE N'EST PAS LA PEINE…
QUOI ?

ポロ
PLOC
SI MON AMOUR DU COSPLAY ÉTAIT SINCÈRE... J'AURAIS FAIT PLUS ATTENTION...
ポロ
PLOC
JE NE SUIS PAS DIGNE D'INCARNER LILIEL...
TU REPENSES ENCORE À CE QU'ELLE T'A DIT ?
ÉCOUTE, LILYSA...
?!
?!
DE QUOI VOUS PARLEZ ?
NAGOMI ?
QUE...

JUSTE POUR ÇA ?!
ÇA DEVAIT ÊTRE IMPORTANT POUR LILYSA...
MAIS...
JE VOIS...
...
OKUMURA ...
SI TU AS QUELQUE CHOSE À DIRE...
C'EST LE MOMENT OU JAMAIS.
...
L... LILYSA !
TU NE PEUX PAS ABANDON-NER !
TU AS DÉJÀ OUBLIÉ ?!
ON S'EST PROMIS DE PARTICIPER ENSEMBLE À CETTE CONVEN-TION !
JE SAIS, MAIS...
PAS DE MAIS !!

QUE VA DEVENIR NOTRE LOCAL ?!
!!
NON, JE NE PEUX PAS LUI DIRE ÇA...
GH!
LE LOCAL EST MA RESPONSA-BILITÉ...
LILYSA N'A RIEN À AVOIR LÀ-DEDANS...
JE DOIS TROUVER LES MOTS JUSTES...
OH NON...
AH!
J'OUBLIAIS... LE RAPPORT...
LE LOCAL...
DÈS LE MOMENT OÙ ON A JETÉ CE FAUX RAPPORT...
J'AI CESSÉ DE M'INTÉ-RESSER À ÇA...
C'EST LOIN D'ÊTRE LA CHOSE LA PLUS IMPORTANTE.

IL S'AGIT DE TOI, LILYSA !!
SI TU ES VENUE…
C'EST POUR L'AMOUR DU COSPLAY, PAS VRAI ?!
…
OUI, MAIS…
JE ME DIS QUE C'EST PEUT-ÊTRE MAL…
DE NE PENSER QU'À MOI…
JE PENSAIS QUE J'EXPRIMAIS MON AMOUR DE LILIEL À TRAVERS MON COSPLAY…
MAIS JE POURRAIS TRÈS BIEN LE FAIRE AUTREMENT…
MES COSPLAYS N'ONT AUCUN SENS…
!
TU RÉFLÉCHIS TROP !
NE PRENDS PAS TOUT AU SÉRIEUX !
EN QUOI C'EST MAL DE PRENDRE LES CHOSES AU SÉRIEUX ?!

TOUS CES COSPLAYS QUE TU AS FAITS NE SIGNIFIAIENT RIEN ?!
!
JE...
JE NE SAIS PLUS...
POURQUOI J'AI FAIT TOUT ÇA...
!!
AH !
LI...

TAP
MAGINO...
OKUMURA...
TU DOIS SAVOIR QUAND T'ARRÊTER...
OU TU RISQUES DE DIRE QUELQUE CHOSE QUE TU REGRETTERAS...
!!
...
JE... PARDON...

FSH
!
OKUMURA… OÙ EST-CE QUE TU VAS ?!
TU VAS LA LAISSER TOUTE SEULE ?!
…
VOUS DEVRIEZ RETOURNER FAIRE VOS PHOTOS…
MAIS…
C'EST LE PROBLÈME DE LILYSA…
DOOOM
…
JE DEVRAIS ALLER LA VOIR… JE SUIS SA RÉFÉRENTE APRÈS TOUT…

MADAME MAYURI ?!
CHUUUT !
J'AIME BIEN VOS HABITS…
CE N'EST PAS LE MOMENT DE PARLER DE MA TENUE...
J'AI ENTENDU CE QU'IL S'EST PASSÉ.
!
…
À QUOI PENSES-TU ?
…
JE N'AVAIS JAMAIS VU OKUMURA DANS CET ÉTAT…

IL ÉTAIT TELLEMENT EN COLÈRE…
JE LE COMPRENDS …
TOUT EST DE MA FAUTE…
IL A HONTE DE MOI…
TU NE DEVRAIS PAS SUPPOSER CE QUE LES AUTRES RESSENTENT…
TU N'ES PAS LUI, APRÈS TOUT.
MÊME SI L'EMPATHIE EST IMPOR-TANTE…
…
VOUS N'ÊTES PAS EN COLÈRE ?
APRÈS TOUT CE QUE J'AI DIT…
JE…

UNE ENSEIGNANTE DOIT GARDER SON SANG-FROID.
VOUS N'ÊTES VRAIMENT PAS FÂCHÉE ?
ELLE N'A PAS COMPRIS MON MESSAGE, JE CROIS...
TU SAIS, QUAND J'ÉTAIS ÉTUDIANTE...
À L'ÉPOQUE...
JE N'AVAIS PAS BEAUCOUP D'AMIS... (IL N'Y AVAIT PAS AUTANT D'OTAKUS.)
NE PAS POUVOIR PARTAGER MES PASSIONS M'ENFERMAIT DANS LA SOLITUDE.
EXACTEMENT COMME MOI...
POURTANT...

UNE PERSONNE M'A TOUJOURS SOUTENUE...
OH !
TU VEUX FABRI-QUER CET ADORABLE COSTUME ?
TU PEUX LE FAIRE ICI, SI TU VEUX...
C'ÉTAIT LA PROF QUI NOUS DONNAIT LES COURS DE CUISINE.
ELLE NE S'EST JAMAIS MISE EN COLÈRE...
ET ELLE M'A TOUJOURS POUSSÉE À FAIRE CE QUI M'INSPIRAIT...
...
JE VOIS ...
C'EST POUR ÇA QUE VOUS ÊTES DEVENUE ENSEIGNANTE ?
QUOI ?
HEIN ?
...

POURQUOI JE SUIS DEVENUE ENSEIGNANTE ?
COMMENT J'AI PU OUBLIER ÇA ?
HMPF...
?
JE M'ÉTAIS CONVAINCUE POUR LA STABILITÉ, MAIS...
AU FOND... JE POURSUIS TOUJOURS MON RÊVE.
TAP
FRSH
JE PENSAIS QUE JE FUYAIS, MAIS...
FRSH
C'EST FAUX...
JE ME DEVAIS D'AIDER DES FILLES COMME ELLE.
JE SAIS CE QU'IL ME RESTE À FAIRE...
BIEN !

PUISQUE TU NE VAS PAS TE COSPLAYER… JE SUIS VENUE POUR RIEN…
HMM…
!
JE SUPPOSE QUE JE VAIS RENTRER.
D… D'ACCORD …
PARDON …
TU AS BIEN COMPRIS !! JE RENTRE !
ÇA SERA DANS LE PROCHAIN TEST !
SWISH
くる
?!
UN TEST ?!
…
TAP
TAP
TAP
ET VOILÀ… J'AI FAIT FUIR OKUMURA ET MADAME MAYURI…
TU NE DEVRAIS PAS SUPPOSER CE QUE LES AUTRES RESSENTENT…

TU N'ES PAS LUI, APRÈS TOUT.
VOUS AURIEZ TROUVÉ UN SAC ?!
IL Y AVAIT UNE JUPE DEDANS …
PERSONNE N'A TROUVÉ UNE JUPE ?!
ATTENDS, JE VAIS VÉRIFIER MON SAC.
DÉSOLÉ DE VOUS DÉRANGER !!
CE COSPLAY…
EST TRÈS IMPORTANT POUR NOUS !!

...
C'EST LE PROBLÈME DE LILYSA...
ALORS C'EST AUSSI MON PROBLÈME !
JE RETROUVERAI SA JUPE, COÛTE QUE COÛTE !!
C'EST VRAIMENT UN BRAVE GARÇON.
LA CHANCE...
MAGINO ?!
ET MAIN-TENANT...
QUE DOIS-JE FAIRE...
TAK

じ
SWOUSH
わ...
FRSH
ごし
FRSH
ごし

HU HU...

2.5 DIMENSIONAL SEDUCTION

Chapitre 27 : Tu n'es pas Liliel
M... MAYURA ?!
J'AVAIS PRIS MON COSPLAY PAR HABITUDE...

NOTRE PREMIÈRE RENCONTRE REMONTE À 3 ANS, JE CROIS...
!!
VOUS VOUS SOUVENEZ DE MOI ?
ÉVIDEM-MENT...
JE T'ATTENDAIS.
!!
JE...
JE ME SUIS MISE AU COSPLAY, VOUS SAVEZ !!
POUR POUVOIR DEVENIR COMME VOUS...

...
MAIS, JE...
JE NE SAIS PLUS CE QUI ME MOTIVE...
S'IL VOUS PLAÎT...
DITES-MOI...
POURQUOI EST-CE QUE VOUS AVEZ CONTINUÉ LE COSPLAY ?!
EH BIEN...

DOOOM
POUR TOUT UN TAS DE RAISONS !!
QUOIIII ?!
JE L'AI D'ABORD FAIT POUR MOI…
POUR FUIR CELLE QUE J'ÉTAIS À L'ÉPOQUE…
POUR DEVENIR QUELQU'UN D'AUTRE…

LE COSPLAY M'AIDAIT À EXISTER.
J'AI INCARNÉ LUSTALOTTE PENDANT TRÈS LONGTEMPS.
PUIS QUAND JE SUIS DEVENUE CÉLÈBRE…
ME COSPLAYER ÉTAIT DEVENU UNE RESPON-SABILITÉ.
ET PARFOIS… IL N'Y A AUCUNE RAISON.
…
J'AI MÊME ARRÊTÉ SANS PRÉVENIR.

ET AUJOURD'HUI... JE ME COSPLAYE POUR TOI.
PLOC

MADAME MAYURI ?
TU M'AS APPRIS QUELQUE CHOSE DE TRÈS IMPORTANT.
PEU IMPORTE LA RAISON POUR LAQUELLE ON SE COSPLAYE…

SEUL LE FAIT DE LE VOULOIR COMPTE...
ET C'EST POUR ÇA QUE JE N'ARRÊTERAI JAMAIS.
ET TOI ?
EST-CE QUE TU VEUX TOUJOURS TE COSPLAYER ?
...
LA RÉPONSE EST ÉVIDENTE, MAIS...

CROIS EN TOI.
N'OUBLIE PAS QUE QUELQU'UN PARTAGE TES SENTIMENTS.
TU SAIS...
LA SCÈNE QUE JE PRÉFÈRE...
EST QUAND LE PROTAGONISTE VIENT SAUVER L'HÉROÏNE.

LILYSA !!
JE L'AI TROUVÉE !
J'AI RETROUVÉ TA JUPE !!

OKUMURA ...
PARDON ! J'ÉTAIS TELLEMENT PRESSÉE, ET...
NE T'EN FAIS PAS...
TIENS, LILYSA...
!!
JE SUIS DÉSOLÉE...
LILYSA...

LAISSE-MOI TE DEMANDER ENCORE UNE FOIS...
CE QUE TU AIMES...
JE...
J'AIME LILIEL...
LES TENUES ÉROTIQUES...
LE COSPLAY...
MAIS...
EST-CE QUE ÇA SUFFIRA ?!
UN OTAKU NE REJETTERA JAMAIS QUELQU'UN QUI PARTAGE SA PASSION !

CE N'EST NI BON NI MAUVAIS D'AIMER QUELQUE CHOSE.
CET AMOUR PEUT PRENDRE TOUT UN TAS DE FORMES !
AU FOND, PEU IMPORTE…
TANT QUE CET AMOUR EST SINCÈRE…
IL TE SUFFIT DE CROIRE EN TOI.
PEUT-ÊTRE QU'ON TE CRITIQUERA…
ET MÊME SI ÇA ARRIVE …
NE LE PRENDS PAS PERSONNEL-LEMENT.
JE PENSE QU'AU FOND…
PERSONNE NE VEUT TE BLESSER.
OKUMU-RA…
MAIS, LILYSA…
SI TU NE PEUX PLUS CROIRE EN TOI…
SI TU AS L'IMPRESSION QUE TOUT S'ÉCROULE…

RAPPELLE-TOI QUE JE SUIS LÀ...
ET QUE JE CROIS EN TOI !
TU...
TU ME FAIS CONFIANCE ?
OUI...
JE CROIS EN LILIEL...
...
?
NON...

TU N'ES PAS LILIEL...
QUOI ?
TU N'ES PAS LILIEL !
J'AI VOULU ESSAYER LA TENUE DE L'ARC SCOLAIRE ANGÉLIQUE...
AH... EUH...
AH !
JE NE PEUX MÊME PAS LA RE-GARDER !!
LORS-QUE TU INCARNES LILIEL...
TU ES LA PLUS MIGNONNE D'ENTRE TOUTES !!
TU ES...

TU ES LILYSA AMANO !!
TU ES UNE COS-PLAYEU-SE !!

!!
PLOC...
JE SAIS QUE TU EN ES CAPABLE !!
DEVIENS LILIEL !!
LILYSA !!
OUI !!

OKUMURA !!
TU AS RETROUVÉ SA JUPE ?!
OUF ...
PARDON DE VOUS AVOIR INQUIÉTÉS !!
IL Y A PLUS IMPORTANT !!
NAGOMI EST EN TRAIN DE FINIR SA SÉANCE PHOTO !
!!
ENCORE 15 MINUTES !
APRÈS ÇA, LES VISITEURS S'EN IRONT.
!!
MAIS IL ME FAUT UNE HEURE POUR ME CHANGER...
ÇA CRAINT...
IL N'Y AURA PLUS PERSONNE D'ICI LÀ...
DANS CE CAS...
TAK

QUE… C'EST MAYURA ?!
HEIIIN ?!
ELLE EST LÀ ?!
CE COSPLAY AVAIT ÉTÉ ANNONCÉ L'HIVER DERNIER, MAIS ON NE L'AVAIT JAMAIS VU !
POUR LE BIEN DE MON ÉLÈVE ADORÉE…
JE VAIS VOUS FAIRE GAGNER UN PEU DE TEMPS.

2.5 DIMENSIONAL SEDUCTION

Chapitre 28 :
Mayura vs Nagomi !!
SCHLIK
SCHLAK
SCHLIK
C'EST L'HEURE...
WAA
WAA

ENCORE UN PEU, S'IL TE PLAÎT !
ENCORE ?!
JE N'AI TOUJOURS PAS VU KAI !
JE...
JE TE COMPRENDS, MAIS...
TU ES UNE PRO, NAGOMI...
...
TU N'ES PAS UNE COSPLAYEUSE LAMBDA, N'OUBLIE PAS.
NAGOMI A TERMINÉ !
DÉPÊCHONS-NOUS D'ALLER AUX STANDS PROS !
TU VEUX PHOTOGRAPHIER D'AUTRES COSPLAYEUSES ?
!
NON, RENTRONS AVANT QUE LA GARE NE SOIT BONDÉE...
BLA
BLA
BLA
BLA
BLA
BLA

ÇA CRAINT !!
EST-CE QU'ON PEUT VRAIMENT FAIRE QUELQUE CHOSE ?!
S'ILS RENTRENT TOUS MAINTENANT ...
FUU...
スゥ...
REGARDEZ, TOUT LE MONDE !!
À QUOI IL JOUE ?!
ガーん
BOBOM

LUSTA-LOTTE…
C'EST MAYURA ?!
WAA
MAYURA !!
WAA
ELLE EST REVENUE ?!
WAA
C'ÉTAIT PAS PRÉVU !!
!!
MAYURI… POURQUOI ?!
!!
IL SEMBLERAIT QU'ON SOIT VOISINES DE STAND…
ENCHANTÉE !
DÉSOLÉE… J'AI TOUT VENDU…
!!

MAYURAAAA !!
MAYURA EST ICI ?!
WAA
WAA
MAYURA !!
JE RESTE ICI !!
CLIK
QUOI ?!
FLAAAP
RE-GARDEZ NAGOMI !!
OUAAAAH !!
SES FESSES !!
JE CROYAIS QU'ELLE ARRÊTAIT LA SÉANCE ?!
NAGOMI !!

WAAAAAA !!
HMPF... TU VAS REGRETTER DE M'AVOIR PROVOQUÉE EN DUEL, MAYURA !!
JE NE SUIS PLUS LA GAMINE D'AUTREFOIS !!

SCHLIK
SCHLAK
SCHLIK
C'EST VRAIMENT MAYURA ?!
C'EST SA TENUE FANTASMA-GORIQUE !!
NAGOMI ET MAYURA EN MÊME TEMPS ?!
JE NE SAIS PAS QUI CHOISIR !!

WAOUH...
J'AI PAS LES MOTS...
NON... AU CONTRAIRE...
JE DOIS COMPRENDRE...
QU'EST-CE QUI LA REND SI INCROYABLE ?
À L'INSTANT OÙ LA SÉANCE PHOTO A COMMENCÉ...
SON VISAGE A CHANGÉ...
SON REGARD...
SON ATTITUDE...
ELLE INCARNE QUELQU'UN DE COMPLÈTEMENT DIFFÉRENT.
ELLE N'ÉTAIT PLUS LA "MADAME MAYURI" QUE JE CONNAIS...
COMME SI ELLE NE FAISAIT QU'UN AVEC SON PERSONNAGE...
...

JE NE FAIS PAS ÇA POUR MOI...
MAIS POUR CE MONDE DU COSPLAY QUI M'A SOUTENUE...
POUR LUSTALOTTE...
ET AUSSI...
POUR MON HÉRITIÈRE.
MAYURA N'A PAS CHANGÉ...
NON...
IDIOTE...
CE N'EST PAS MAYURA...
ACTUELLEMENT...
ELLE N'EST QUE LUSTALOTTE...

J'AI ENCORE PERDU...
TU AS VRAIMENT TROP LA COTE...
C'EST LUSTALOTTE QUI EST POPULAIRE...
SI JE PEUX TRANSMETTRE MON AMOUR POUR ELLE... C'EST TOUT CE QUI COMPTE.
ELLE A TOUJOURS ÉTÉ COMME ÇA...
À PRÉTENDRE QU'ELLE N'EST PAS IMPORTANTE...
À SE DÉDIER UNIQUEMENT AU COSPLAY.
AU FOND...
ELLE EST LA COSPLAYEUSE LA PLUS AUTHENTIQUE QUE JE CONNAISSE...

JE SAIS TRÈS BIEN…
QUE JE NE LUI ARRIVE PAS À LA CHEVILLE…
MAIS…
JE VEUX ÊTRE RECONNUE…
JE ME FICHE DES AUTRES…
MAIS JE VEUX LEUR APPROBATION.
EST-CE MAL DE FAIRE DU COSPLAY…
SANS AIMER LES PERSONNAGES QU'ON INCARNE ?
HMPF…
SI CE N'ÉTAIT PAS POUR MA RÉPUTATION…
JE PIQUERAIS SÛREMENT UNE CRISE…
COMME UNE GAMINE…
MAYURA…
TU IGNORES À QUEL POINT LES AUTRES T'ADULENT…
C'EST CE QUI M'ÉNERVE LE PLUS !

ÊTRE CAPABLE DE DÉDIER AUTANT D'AMOUR À QUELQU'UN D'AUTRE QUE SOI…
EST-CE QUE TU RÉALISES…
LE DEGRÉ DE TALENT QUE ÇA DEMANDE ?
JE NE SUIS CAPABLE D'ÊTRE QUE MOI…
CAR C'EST MOI QUI AIME KAI, APRÈS TOUT…
C'EST MOI QUI SUIS SI PATHÉTIQUE…
JE VEUX QU'IL ME REMARQUE…
CE N'EST QUE POUR MOI-MÊME QUE JE ME DÉDIE À CE MONDE 2D…
C'EST MA SEULE RAISON DE FAIRE DU COSPLAY !

ET C'EST POUR ÇA QUE MON AMOUR...

ET LE PLUS FORT D'ENTRE TOUS !
EST-CE QUE J'AI TORT...
MAYURA ?
JE SAVAIS QUE TU NE FLANCHERAIS PAS POUR SI PEU...
NAGOMI.

PUISQUE JE TE DIS QUE C'EST LA VRAIE MAYURA !!
DEUX REINES DU COSPLAY AU MÊME ENDROIT !!
C'EST UN MIRACLE !
!!
C'EST COMPLÈTEMENT DINGUE...
ELLES SONT EN TRAIN D'ATTIRER ENCORE PLUS DE MONDE...

SOIS BIEN ATTENTIF, OKUMURA…
IL S'AGIT D'UN DUEL DE COSPLAYEUSES …
TU ASSISTES EN CE MOMENT…
À CE QUE TOUT COSPLAYEUR CHERCHE À ATTEINDRE…

AU SOMMET ULTIME...
WAAAAAAA
WAAAAAAA

DU COSPLAY !!

2.5 DIMENSIONAL SEDUCTION

Chapitre 29 : Rivales

TU ES LILYSA AMANO !
MAIS CE N'EST PAS GRAVE...
J'AIME LE COSPLAY...
J'AIME LILIEL...
ÇA ME SUFFIT...
OKUMURA M'ATTEND...
ALORS, SOURIS !

JE DONNE MON MAXIMUM...
ET POURTANT ...
CHAQUE FOIS QUE JE ME TROUVE À CÔTÉ DE MAYURA...
J'AI BEAU FAIRE SEMBLANT, MON CŒUR NE SOURIT PAS...
J'AI CE SENTIMENT DE DÉSESPOIR...

MAYURA !!
PAR ICI !!
JE SUIS EN TRAIN DE LES PERDRE…
JE SUIS DEVENUE UNE PRO…
CAPABLE D'INCARNER DES COSPLAYS INIMITABLES…

N'EST-CE PAS SUFFISANT POUR ÊTRE LA NUMÉRO 1 ?
NAGOMI ! TU ES TROP MIGNONNE !
REGARDE PAR ICI !
UNE DÉESSE !
OÙ ME SUIS-JE TROMPÉE ?
POURTANT...
JE...
J'AIME TANT LE COSPLAY...

POURQUOI EST-CE QUE J'AI SI MAL ?
...
NAGOMI...
JE SAIS...
VOUS ÊTES TROP MIGNONNE !
ON PEUT PRENDRE UNE PHOTO ?
STREET COSPLAY
J'AI TESTÉ LE COSPLAY POUR HALLOWEEN, ET DEPUIS JE SUIS ACCRO !
C'EST LA PREMIÈRE FOIS QU'ON PARTICIPE À UNE CONVENTION.
YEAAAH !

ÇA ME TOUCHE BEAUCOUP !!
RAVIE DE FAIRE VOTRE CONNAISSANCE !!
ELLES COMPARENT DU COSPLAY À UN COSTUME DE SUPERMARCHÉ...
JE ME SENS MAL POUR NAGOMI...
RIEN À VOIR...
...
TU ES LA SEULE À NE PAS REJETER...
LES DÉBUTANTS...
OU CEUX QUI SE MOQUENT DU COSPLAY...
TU ES SIMPLEMENT HEUREUSE QU'IL Y AIT PLUS DE COSPLAYEURS.
...
DEVENIR PRO ?
ALORS QUE J'AI DÉJÀ TROUVÉ UN AUTRE TRAVAIL...

J'AI DÉCIDÉ DE DEVENIR UNE COS-PLAYEUSE PROFESSION-NELLE !
APRÈS TOUT, JE VEUX POUVOIR CONTINUER À FAIRE CE QUE J'AIME !
ET TOI, MAYURA ?
HUM...
MOI, JE...
JE COMPTAIS ARRÊTER LE COSPLAY, AU CONTRAIRE...
...
JE SAIS, NAGOMI...
À QUEL POINT TU AIMES LE COSPLAY.
À QUEL POINT TU T'Y ES DÉDIÉE CORPS ET ÂME.

JE PEUX BIEN IMAGINER CE QUE TU PENSES DE MOI…
PARCE QUE TU CONTINUES DE TE COMPARER…
ALORS QUE C'EST MOI QUI T'AI TOUJOURS ENVIÉE.
LE COSPLAY N'EST QU'UN HOBBY POUR MOI…
JE ME SUIS SOUVENT SENTIE INFÉRIEURE…
MAIS ÇA…
TU NE T'EN ES JAMAIS APERÇU…
EST-CE QUE…
C'EST LA FIN…
JE NE L'AI JAMAIS VUE AUSSI DÉSESPÉRÉE …
L'OMBRE T'EFFRAIE AU POINT QUE TU NE PEUX PAS TE REGARDER TOI-MÊME…
NAGOMI !!

MÊME SI C'EST UNE PRO…
TU NE TROUVES PAS MAYURA
PLUS MIGNONNE ?

CE N'EST QU'UNE GAMINE QUI SE FICHE DE SON COSPLAY.
CE N'EST PAS POUR CRITIQUER NAGOMI, MAIS SES COSPLAYS NE SONT PAS SI BONS…
ÇA FAIT PEINE À VOIR, HONNÊTEMENT…
DEPUIS QUAND LES MOCHES FONT DU COSPLAY ?
TU T'ES INVESTIE PLUS QUE PERSONNE DANS LE COSPLAY.
C'EST POUR ÇA…
QUE CES MOTS TE BLESSENT AUTANT…
POUR TE PROTÉGER…
ET TU T'ES BATTUE…
TU T'ES CONSTRUIT UN BOUCLIER…
C'EST PAREIL POUR MOI…
NOUS NE SOMMES PAS DIFFÉRENTES.

SI NOUS N'ÉTIONS PAS RIVALES…
NOUS AURIONS SÛREMENT PU ÊTRE AMIES.
NOUS ÉTIONS VRAIMENT DÉSESPÉRÉES…
"QU'Y A-T-IL DE MAL…
À FAIRE DU COSPLAY JUSTE PARCE QU'ON AIME ÇA ?"

QU'Y A-T-IL DE MAL...
JE ME SUIS SOU-VENUE...
JE SUIS UNE COS-PLAYEUSE !
DE CE PREMIER MOMENT ...
OÙ J'AI VOULU FAIRE DU COSPLAY.

FUU...
FSH
!
NON...
MAYURA A TERMINÉ...
J'VENAIS À PEINE DE LA PHOTOGRAPHIER...
ELLE S'EN VA ?!
POURQUOI ?!
ELLE A PITIÉ DE MOI ?!
C'EST UNE BLAGUE ?!
IL EST TEMPS POUR MOI DE CÉDER MA PLACE...

TU PEUX TROUVER ÇA INJUSTE…
MAIS JE N'AI JAMAIS VOULU ME MESURER À TOI EN PREMIER LIEU…
TU NE PENSES PAS PAREIL, NAGOMI ?
ET IL Y A QUELQU'UN QUE JE VEUX TE PRÉSENTER.
POUR QUE TOI AUSSI…
TU PUISSES TE SOUVENIR.
AH…
TAK

OUI...
SON COSPLAY EST L'EXACT OPPOSÉ DE NAGOMI QUI INCARNE LES DERNIÈRES TENDANCES.
TOUT LE MONDE EST CAPABLE DE RESSENTIR...
L'AMOUR QU'ELLE PORTE POUR SON PERSONNAGE...
CE PERSONNAGE...

ON NE LE CROISERAIT JAMAIS À UNE CONVENTION…
IL EST TROP ANCIEN…
ET POURTANT…
C'EST CE PERSONNAGE…
DONT TOUT LE MONDE EST TOMBÉ AMOUREUX PAR LE PASSÉ.
UN ANGE.

LILIEL!!

2.5 DIMENSIONAL SEDUCTION

Chapitre 30 : Le retour de Liliel !

OOOOOOOH !!
C'EST LA "CHAOS FORM" DE LILIEL !!
L'APPARENCE QU'ELLE AVAIT QUAND ELLE ÉTAIT SUR LE POINT DE SUCCOMBER AUX TÉNÈBRES QU'ELLE A FINALEMENT SURMONTÉES !!
BRILLANT !!
ざわ WAA
ざわ WAA
!!
LILIEL !!

ALORS TU ES VENUE…
JE PENSAIS T'AVOIR BIEN SECOUÉE, POURTANT…
TU VAS PRÉTENDRE QUE ÇA NE T'A RIEN FAIT ?
OU BIEN ES-TU JUSTE INCONSCIENTE ?
NON…
ELLE NE VIENDRAIT PAS M'AFFRONTER SI C'ÉTAIT LE CAS…
ON VOIT BIEN QU'ELLE A PLEURÉ.
ギリ
GH…!

JE L'AI MÉPRISÉE, ET POURTANT...
ELLE SE TIENT FIÈREMENT FACE À MOI.

ET MAINTENANT...
ELLE EST VENUE ME PROVOQUER...
EN DUEL !!

AH !
MAYURA...
HMPF...
TROP CLASSE !!
...

TAP TAP TAP TAP TAP
ELLE EST TROP MIGNONNE !!
JE DOIS VITE ALLER ME CHANGER ET REVENIR LA PRENDRE EN PHOTO !!
C'EST LILIEL !
ÇA RAPPELLE DES SOUVENIRS.
BLA
QUI ?
JE NE CONNAIS PAS.
BLA
MAIS ELLE EST CARRÉMENT MIGNONNE, NON ?
ELLE VA FAIRE UNE SÉANCE PHOTO ?
AH !
ON DOIT VENIR EN RENFORT !!
OUI, MAIS ON EST COINCÉS !!
FUUU

MERCI À TOUS D'ÊTRE VENUS !!
!!
LILYSA...

RAVI DE FAIRE TA CONNAISSANCE !!
WAA
WAA
QU'EST-CE QU'ON FAIT ?
BLA BLA
JE NE LA CONNAIS PAS, ELLE EST MIGNONNE ?
JE NE VOIS RIEN D'ICI.
BLA BLA
MAYURA EST PARTIE, AUTANT RENTRER.
JE VAIS ESSAYER DE ME RAPPROCHER DE NAGOMI.
BLA BLA
!!
JE ME SUIS PEUT-ÊTRE UN PEU TROP EMBALLÉ...
ELLE DÉBUTE À PEINE, APRÈS TOUT...
ÇA NE FERA PAS LE BUZZ, MAIS JE VAIS PRENDRE QUELQUES PHOTOS...
!

IL LA PREND SA PHOTO OU QUOI ?
ポカーーン
BOBOOOM

SI MAYURA ET OKUMURA M'ONT APPRIS QUELQUE CHOSE…
C'EST QU'IL N'Y A PAS DE "BONNE" MANIÈRE DE FAIRE DU COSPLAY.
JE L'AI BIEN COMPRIS.
JE PEUX RÉUSSIR…
OU ME TROMPER…
MAIS AU FOND, PEU IMPORTE…
IL N'Y A RIEN DE MAL À SE QUESTIONNER…
LE PLUS IMPORTANT…
EST QUE JE CONTINUERAI LE COSPLAY…
JE N'HÉSITERAI PAS…
PARCE QUE…
J'AIME LILIEL !

PARCE QUE...
J'ADORE LE COSPLAY !!

BIEN JOUÉ, LILIEL...
ELLE NE PENSE PLUS QU'À DEVENIR SA LILIEL BIEN-AIMÉE.
...
J'AI TELLEMENT LE TRAC...
LILYSA...
STRESSÉE...
ELLE A L'AIR PLUS DÉTERMINÉE QUE JAMAIS.
ELLE EST CARRÉMENT MIGNONNE !
BLA BLA
HEIN ?!
J'AVOUE... ELLE ME FAIT CRAQUER...
BLA BLA
VIENS... ON SE RAPPROCHE !

ざわ BLA BLA
HUM...
EST-CE QU'ON POURRAIT SE METTRE EN CERCLE ?
AH !
ざわ BLA BLA
ざわ BLA BLA
GH ! D'OÙ SORT CETTE FOULE...
ON PEUT ?!
HUM...
OUI... C'EST D'ACCORD !!
わっ WAAA
!!

TU PENSES POUVOIR GAGNER AVEC UNE FOULE AUSSI MINUSCULE ?!
TU RÊVES, MA GRANDE…
JE TE DÉPASSE LARGEMENT !!
APRÈS TOUT…
JE SUIS CELLE QUI AIME LE COSPLAY PLUS QUE TOUT !!
JE SUIS…
JE…
ALORS, POURQUOI…

POURQUOI TU AS L'AIR...
AUSSI HEUREUSE ?!

NAGOMI...
TE CONNAISSANT...
JE SAIS QUE TU COMPREN-DRAS...
QU'ELLE N'EST PAS VENUE TE DÉFIER.
ON EST TOUTES COMME ÇA À NOS DÉBUTS.
CETTE PETITE...

ELLE EST SIMPLEMENT VENUE VIVRE SA PASSION.

!!
HMPF...
QUELLE IDIOTE...

2.5 DIMENSIONAL SEDUCTION

LILIEL ?
OUI, JE L'AI VUE DANS UNE CONVENTION L'AUTRE JOUR... ELLE EST PLUTÔT MIGNONNE...
Chapitre 31 : D'un même sourire
QUAND J'AI VU CETTE PHOTO POUR LA PREMIÈRE FOIS...
JE L'AI TROUVÉE DÉTESTABLE ...

JE SAIS QUE C'EST MAL DE PENSER ÇA...
J'AIME LE COSPLAY...
JE DEVRAIS AIMER CHAQUE COSPLAYEUR...
MAIS EN LA VOYANT...
JE ME SUIS RAPPELÉE QUE...
MOI AUSSI...
J'AVAIS CE SOURIRE, AUTREFOIS.

TÔKA... JE T'AI...
NAGOMI
GH HÉ HÉ... KAI ! ♡
HÉ HÉ ♡
HÉ HÉ ♡
AH ! J'AI PLUS DE BATTERIE ?!
LA POISSE !!
SWOUP
!!
DOOOOM
C'EST MOI ?
QUELLE HORREUR ...
MOI QUI M'ÉTAIS DÉBARRASSÉE DE TOUS MES MIROIRS...
GRAAAH !
GYAAAAH !
JE SAIS QUE CE N'EST QU'UN JEU...
MAIS MON KAI NE TOMBERAIT JAMAIS AMOUREUX DE QUELQU'UN COMME MOI.
JE NE PEUX PAS L'ABANDONNER...
HAA
HAA
MON PARAVENT A DISPARU !

JE SAIS...
C'EST À CE MOMENT QUE MON RÊVE D'ÊTRE COSPLAYEUSE EST NÉ.
JE N'AI QU'À DEVENIR L'HÉROÏNE.
TÔKA : KAI... MOI AUSSI... JE...
IL ME SUFFIT...
D'AMENER LA 2D EN 3D.
GLACE
TROIS ANS PLUS TARD...
BOM
BOM
!!
C'EST MOI ?

TROP MIGNONNE !
ELLE RESSEMBLE VRAIMENT À TÔKA !
MIGNONNE ? MOI ?
SCHLAK
CETTE SENSATION...
JE N'AVAIS JAMAIS RESSENTI ÇA...
JE VEUX DEVENIR ENCORE PLUS MIGNONNE !
OUI...

JE VOULAIS JUSTE QU'ON ME TROUVE MIGNONNE.
SCHLAK
COSMEDIA
NAGOMI ♡
RUBRIQUE : AJOUTER DE LA PROFONDEUR.
POSTER GRAND FORMAT INCLUS ! ☆
JE ME FICHAIS DE GAGNER OU PERDRE.
J'ÉTAIS JUSTE HEUREUSE DE PLAIRE.
C'ÉTAIT LA PREMIÈRE FOIS DE MA VIE...
QUE JE M'AIMAIS MOI-MÊME...
MAIS...
PLUS QUE TOUT...

CES MOMENTS PASSÉS À ME COSPLAYER...
M'ONT APPORTÉ...
TELLEMENT DE JOIE.
C'EST CE QUI M'A POUSSÉE À DEVENIR PRO...
POURTANT...

AUTO-PROMOTION.
TRAÎNÉE DU COSPLAY.
ARROGANTE.
SEUL L'ARGENT L'INTÉRESSE.
PRO (LOL).
AUCUNE ÂME.
ÇA NE SE VENDRA JAMAIS.
C'EST JUSTE UN HOBBY.
NOUS N'ACCEPTONS QUE LES MANNEQUINS...
SI VOUS ÊTES UNE PRO, VOUS POUVEZ GÉRER VOTRE PROMOTION, NON ?
POUR PASSER PLUS DE TEMPS À FAIRE DU COSPLAY...
J'AI SUBI BEAUCOUP DE PRESSION ET FAIT FACE À DE NOMBREUSES PERSONNES TOXIQUES.
ET J'AI RÉALISÉ QUE LE SEUL MOYEN DE ME PROTÉGER...
ÉTAIT DE RENFERMER MON PROPRE CŒUR.

JE VOULAIS SIMPLEMENT...
CONTINUER À FAIRE CE QUE J'AIMAIS.
À L'ÉPOQUE, JE PENSAIS QUE LES COSPLAYEURS ÉTAIENT UNE GRANDE FAMILLE...
J'AIMAIS SINCÈREMENT CHACUN D'ENTRE EUX.
MAIS DEPUIS, TOUT N'A ÉTÉ QUE SOUFFRANCE...
AU FINAL...
J'AI FINI PAR HAÏR CEUX QUI PRENAIENT ENCORE DU PLAISIR À FAIRE DU COSPLAY.
DEVENIR PRO...
ÉTAIT-CE UNE ERREUR ?
WAAAA
ああああ
NON...

J'AI SIMPLEMENT PERDU DE VUE...
CE QUI COMPTAIT VRAIMENT.
CLAAANG
FSSSH

BLA
BLA
NAGOMI ?
BLA
BLA
NAGOMI...
S'IL Y AVAIT UN DIEU DU COSPLAY...
JE ME DEMANDE À QUI IL DONNERAIT SA BÉNÉDICTION...
À LILIEL OU MOI ?
HMPF...
LA RÉPONSE EST ÉVIDENTE...
FSH
!!
NAGOMI A TERMINÉ ?
QUOI ?!
ELLE NE SE SENT PAS BIEN ?
...

JE N'ARRIVE PLUS À ME CONCENTRER.
ET PUIS... J'AI LARGEMENT DÉPASSÉ MES HEURES DE TRAVAIL...
JE NE SUIS QU'UNE BONNE À RIEN...
NAGOMI...
...
EST-CE QUE JE L'AI BLESSÉE ?
NE T'EN FAIS PAS... JE SUIS SÛRE QUE...
...
PARDON...

JE VAIS DEVOIR...
PRENDRE ENCORE UN PEU DE RETARD...
HEIN ?!
SWOUSH
C'EST À MOI SEULE...
DE FAIRE TOURNER LA ROUE.

JE N'AI PAS DIT MON DERNIER MOT !!

JE N'AURAIS JAMAIS DÛ OUBLIER...
KAI... EST-CE QUE TU ES LÀ ?
REGARDE CELLE QUE JE SUIS DEVENUE.
わああああ
WAAAAAA
MA VÉRITABLE MOTIVATION.
REGARDEZ-MOI...
ADMIREZ...
ああああ
WAAAA
LA PLUS MIGNONNE DES COSPLAYEUSES !!
TU ES VRAIMENT FORTE...
NAGOMI.

JE NE PERDRAI PAS, LILIEL...
APRÈS TOUT...
JE SUIS UNE COSPLAYEUSE PRO !
?
ET PUIS...
J'AIME TROP CE MONDE...
ALORS, MERCI...

MERCI
DE M'AVOIR
RAPPELÉ…

WAAAAAA
わあぁあぁあぁ
CE QU'EST LE BONHEUR...
DE SE COSPLAYER !!

2.5 DIMENSIONAL SEDUCTION

WAAAAAA
あああああ
Chapitre 32 : Armure magique
GH !
CE SONT TOUS LES FANS DE NAGOMI ?!
IL Y A 2 FOIS PLUS DE MONDE !!
DOOOM
TU L'AS DÉJÀ PRISE EN PHOTO NON ?
EUH, OUI…
JE NE COMPRENDS PAS TROP POURQUOI, MAIS…
SON EXPRESSION A CHANGÉ…

ELLE A L'AIR DEUX FOIS PLUS MIGNONNE !!
ON DIRAIT QUE LILIEL...
A DONNÉ UN PETIT COUP DE BOOST À NAGOMI.
!!
ぎゅう
ぎゅう
WAA
WAA
C'EST VRAI... IL Y A BEAUCOUP PLUS DE MONDE...
PEUT-ÊTRE...
MAIS LILIEL NE PERDRA PAS !!

PETIT À PETIT... LES REGARDS SE BRAQUERONT SUR ELLE !!
ELLE EST VRAIMENT IMPRESSION-NANTE...
HM ?
...
TOI AUSSI, OKUMURA...
JE SUIS SÛR QU'ELLE NE LE RÉALISE PAS ELLE-MÊME...

POPULARITÉ DU PERSONNAGE, CÉLÉBRITÉ DU COSPLAYEUR…
HORMIS ÇA…
UNE COMPÉTENCE TRÈS IMPORTANTE EST REQUISE…
LA CAPACITÉ À PERFORMER DEVANT AUTANT DE MONDE !
!
ÇA SEMBLAIT ÉVIDENT, MAIS…
SI TU NE PERDS AUCUN FAN… TU NE PEUX QU'EN AVOIR PLUS.
?
EN EFFET…
LE PLUS IMPORTANT…
EST DE FIDÉLISER CEUX QUI T'ONT SUIVI DEPUIS LE DÉBUT.
…
TU ES ENCORE LÀ ?
HEIN ?!
EH BIEN, OUI…

ELLE N'ARRÊTE PAS DE ME SURPRENDRE...
DÈS QUE JE PENSE ARRÊTER ...
AH ! UNE NOUVELLE POSE !!
TROP MIGNONNE !!
LE POINT FORT DE LILIEL...
RÉSIDE DANS LA MULTITUDE DE POSES ET D'EXPRESSIONS QU'ELLE EST CAPABLE D'INCARNER !!
LA PLUPART DES COS-PLAYEURS DÉBUTANTS ...
NE RE-TIENNENT QUE CINQ OU DIX POSES, GRAND MAX.
MAIS LILIEL...
JE N'AI PAS ASSEZ DE TEMPS...
IL Y A LA POSE DE CETTE SCÈNE...
JE DOIS LA MONTRER !

J'EN AI ENCORE ...
AU MOINS 1 000 !!
OOOOOOH !!
JE ME SOUVIENS DE CELLE-LÀ !
C'EST LA COUVERTURE DE CE NUMÉRO !!
ÇA ME REND TELLEMENT NOSTALGIQUE...
LILIEL EST UNE COSPLAYEUSE QUI REPRODUIT AVEC UNE FIDÉLITÉ ABSOLUE L'ŒUVRE ORIGINALE.
!
C'EST VRAI...
ELLE SAIT EXACTEMENT CE QU'ELLE DOIT FAIRE...
IL Y A L'ŒUVRE PRINCIPALE, LES SPIN-OFF, LE MANGA... TOUT AUTANT D'INSPIRATION POUR SES POSES...
ET LILYSA SE SOUVIENT DE CHACUNE D'ENTRE ELLES...

CETTE POSE ÉTAIT SOUS CET ANGLE...
VSH
COMME ÇA !!
VSH
OOOOH !!
AH ! ELLE ME REGARDE !
ET PUIS... ELLE REGARDE CHACUN D'ENTRE NOUS POUR TOUTES SES POSES...
CETTE FILLE...
JE SENS QU'ELLE NOUS RÉSERVE QUELQUE CHOSE D'INOUBLIABLE...
JE NE PEUX PAS PARTIR MAINTENANT...
HÉ ! TU AS PRIS CETTE LILIEL EN PHOTO ? ELLE EST VRAIMENT GÉNIALE !!
BLA
SÉ-RIEUX ?!
J'ÉTAIS TELLEMENT À FOND SUR NAGOMI ET MAYURA QUE J'AI PAS FAIT ATTENTION...
J'AI VRAIMENT ADORÉ LILIEL !!
TROP MIGNONNE !! D'OÙ EST-CE QU'ELLE VIENT ?!
BLA
BLA
AH !

わあああああ ああああ
WAAAAAA !!
目線くださーい!!
!!
JE RÊVE…
LILIEL…
ELLE SAIT PARFAITEMENT GARDER L'ATTENTION SUR ELLE…
ÇA T'EMBÊTE SI JE VAIS PRENDRE QUELQUES PHOTOS ?

...
TELLEMENT DE MONDE EST VENU ME VOIR.
MOI...
TOUS CES FLASHS...
ÇA ME DONNERAIT PRESQUE LE TOURNIS...
MAIS...
TOUT CE TEMPS PASSÉ...
À M'INVESTIR DANS CE QUE J'AIME...
JE SUIS TELLEMENT HEUREUSE...

CE N'ÉTAIT PAS UNE ERREUR.
HMPF...
NAGOMI...
MERCI...
QUAND TU M'AS POSÉ CETTE QUESTION...
J'AI COMPRIS.

TU AIMES LILIEL...
ET TU EXPRIMES CET AMOUR À TRAVERS TON COSPLAY, PAS VRAI ?
QUANT À MOI, LE COSPLAY EST MON AMOUR, MON BUT, MON ÊTRE...
ALORS, À TON AVIS ...
JE SAIS MAINTENANT...
POUR MOI, LE COSPLAY...
N'EST PEUT-ÊTRE QU'UN MOYEN...
MON AMOUR N'EST PEUT-ÊTRE PAS INÉBRANLABLE...
MAIS...
ÇA ME CONVIENT AINSI.

AU FOND...
JE N'ÉTAIS QU'UNE OTAKU QUI AIMAIT LES TENUES SEXY...
JE DEVAIS VIVRE TOUT EN CACHANT CETTE PASSION...
HM...
LA DÉMONE SUCCUBE ENTRE EN SCÈNE ?!
MAIS LE COSPLAY A ÉTÉ UN REFUGE...
QUI M'A PERMIS D'ÊTRE MOI-MÊME...
ET QUI M'A DONNÉ DU COURAGE.

POUR MOI…
IL NE S'AGIT PAS SIMPLEMENT D'INCARNER UN PERSONNAGE…
C'EST MON ARMURE MAGIQUE…
MON ARME…
POUR M'ÉPANOUIR PLEINEMENT.
JE PENSE VRAIMENT COMME UNE OTAKU…
PFFF…
ゴホン

VOILÀ MA RÉPONSE…
NAGOMI.
IL Y A BEAU AVOIR TOUT UN TAS DE NOUVEAUX COSPLAYEURS TALENTUEUX…
JE T'AI SOUS-ESTIMÉE, LILIEL.
TU ES AUTHENTIQUE.
C'EST BIZARRE, MAIS…
JE NE ME SENS PLUS MENACÉE.

PEUT-ÊTRE PARCE QUE JE ME SUIS SOUVENUE DE MES DÉBUTS…
NON…
C'EST LA TOUTE PREMIÈRE FOIS QUE JE ME SENS AUSSI À L'AISE…
EN FACE D'UNE AUTRE COSPLAYEUSE …
ふぅ…
FUUU…
JE SUIS CONTENTE D'AVOIR PU POSER AVEC MAYURA…
ÇA M'A REMOTIVÉE …
MAIS…

JE ME SENS VRAIMENT BIEN À TES CÔTÉS…
LILIEL.
C'EST PARCE QU'ON EST CÔTE À CÔTE QU'ON PEUT BRILLER ENSEMBLE…
UN PEU COMME DES RIVALES…
DES RIVALES ?
AH !
C'EST MOI QUI VIENS DE PENSER ÇA ?

POURQUOI PAS, APRÈS TOUT...
FUU...
わあああああ
WAAAAAA
C'ÉTAIT INÉVITABLE.
IL PARAÎT QUE DEUX DES QUATRE REINES DU COSPLAY SONT LÀ ?!
OUI, MAIS MAYURA A DÉJÀ TERMINÉ.
HEIN ?!
QUI EST À CÔTÉ DE NAGOMI, ALORS ?!
AUCUNE IDÉE !!
UNE DÉBUTANTE QUI FAIT FACE À NAGOMI ?!
TU LA CONNAIS ?
COMMENT ELLE EST ?
J'SAIS PAS COMMENT DIRE, MAIS...

ELLE EST SUPER MIGNONNE !!
AAAAAA !!
あああ

2.5 Dimensional Seduction – Tome 4 / Fin

2.5 DIMENSIONAL SEDUCTION

Bonus : Enfin vendredi pour Nagomi !

NAGOMI, POUR CE SOIR…
TU VEUX TOUJOURS MANGER THAÏ POUR LE DÎNER ?
ET POUR LA SEMAINE PROCHAINE…
HONNÊTE-MENT, JE PRÉFÈRE RENTRER.
D'ACCORD, JE PRENDRAI À EMPORTER.

SQUISH
DITES... VOUS NE PENSEZ PAS QUE JE DEVRAIS MAIGRIR ?

NE DIS PAS N'IMPORTE QUOI !
TU NE VEUX PAS FINIR COMME UNE FEUILLE DE PAPIER, NON ?!
INTERDICTION DE FAIRE UN RÉGIME !!
VOUS N'EXAGÉREZ PAS UN PEU ?
AU FAIT, J'AI APPORTÉ QUELQUE CHOSE DE MON VOYAGE À HOKKAIDÔ !
C'EST UNE SPÉCIALITÉ DE LÀ-BAS.
DOOOM
CHOCOPOTATO
DES CHIPS AU CHOCOLAT ?! TU VEUX ME FAIRE GROSSIR ?!
ET JE T'APPORTERAI TES NOUILLES PRÉFÉRÉES POUR CE SOIR !!
HUM... J'AI CHANGÉ D'AVIS... LA CUISINE THAÏ EST BOURRÉE DE SUCRE...
JE PRENDRAI AUSSI DES TOASTS AUX CREVETTES !!

*N.d.T. : "Frontière".

OOOH ...
IL FAIT VRAIMENT SEXY POUR UN TRICOT.
Amazon
VOYONS VOIR CE QUE ÇA DONNE.

…
JE RÊVE ?! POURQUOI YOKI A PLUS DE RETWEETS QUE MOI ?!
YOKI HOSHIZUKI @JUIN
TRICOT ET COLLANT
FAIT CHIER !!
SES FOLLOWERS SONT VRAIMENT À FOND…
LA REINE DES RÉSEAUX…
C'EST VRAI QU'ELLE EST SEXY…
ELLE DÉPASSE MÊME ERIKA ET MAYURA…
ERIKA N'EST PAS DU GENRE À SUIVRE LES TENDANCES…
ET MAYURA A PRIS SA RETRAITE SANS PRÉVENIR…

JE NE TE LE PARDONNERAI PAS SI TU ABANDONNES COMME ÇA...
MAYURA...
ピン
DING
ポーン
DONG
NAGOMI, C'EST MOI. JE RENTRE.
AH OUI...
J'OUBLIAIS QUE MA MANAGEUSE DEVAIT PASSER.

HIIIIII !!
DÉSOLÉE, JE PRENAIS UN BAIN.
TU AURAIS PU TE COUVRIR !!
ÇA TE GÊNE ?
AU FAIT, JE ME DEMANDAIS ...
TU N'AS PAS DE PETIT COPAIN, NON ?
NON, ET JE N'EN AI PAS BESOIN.
TU N'ES PAS UNE IDOL, TU SAIS...
TU AS LE DROIT D'ÊTRE EN COUPLE...
LES GARÇONS 3D NE M'INTÉRESSENT PAS...
HAA... KAI ! ♡
HÉ HÉ HÉ !
J'OUBLIE À QUEL POINT C'EST UNE OTAKU...
C'EST UN PEU INQUIÉTANT, QUAND MÊME...

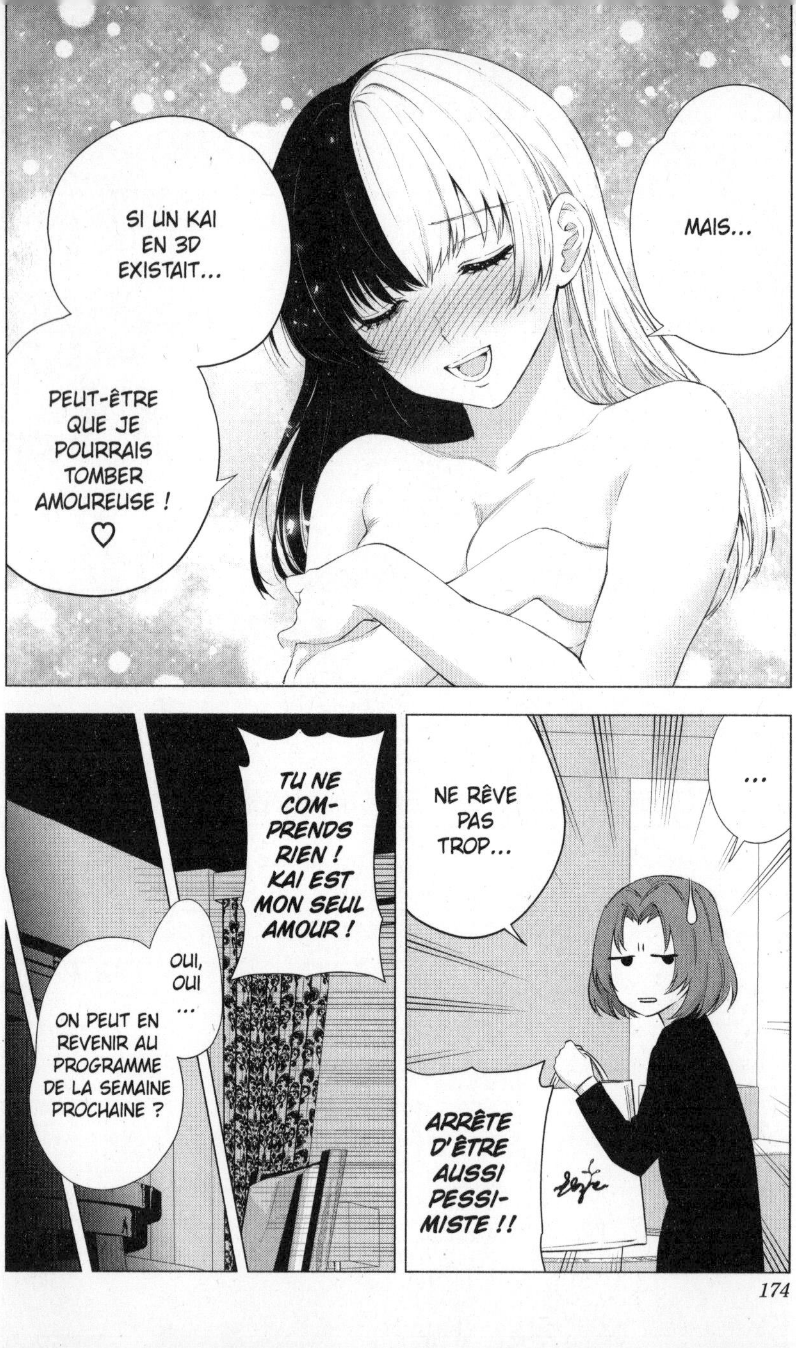
MAIS…
SI UN KAI EN 3D EXISTAIT…
PEUT-ÊTRE QUE JE POURRAIS TOMBER AMOUREUSE ! ♡
…
NE RÊVE PAS TROP…
ARRÊTE D'ÊTRE AUSSI PESSI-MISTE !!
TU NE COM-PRENDS RIEN ! KAI EST MON SEUL AMOUR !
OUI, OUI …
ON PEUT EN REVENIR AU PROGRAMME DE LA SEMAINE PROCHAINE ?

KAI !!
J'AI VU KAI !!
CALME-TOI, NAGOMI !!
JE PEUX TE DIRE QUELQUE CHOSE ? ...
BOM
BOM
HUM ... QUOI ?
JE SUIS AMOUREUSE ...
ELLE M'ÉPUISE...
LES VOIES DE L'AMOUR SONT IMPÉNÉTRABLES...
Bonus - Fin

PROLONGEZ L'EXPÉRIENCE

SOLEIL MANGA

REJOIGNEZ
@EDITIONS_SOLEIL_MANGA
SUR INSTAGRAM !

Soleil Manga
6/8 rue Léon Jouhaux
75010 Paris - France
manga@soleilprod.com

www soleilmanga.com

Facebook.com/EditionsSoleilManga

@Soleil_manga

Titre original : 2.5JIGEN NO RIRISA - volume 4
2.5JIGEN NO RIRISA © 2019 by Yu Hashimoto
All rights reserved.
First published in Japan in 2019 by SHUEISHA Inc., Tokyo.
French translation rights in France, French speaking Belgium, Luxembourg, Switzerland and Canada arranged by SHUEISHA Inc. through VME PLB SAS, France.

Conception graphique :
Studio Delcourt/Soleil - Solène Pichereau
Traduction : Studio Charon
Lettrage : Studio Charon
Dépôt légal : Janvier 2025
ISBN : 978-2-302-10324-5
Impression : Ercom - Italie

© 2025 Éditions Soleil,
GROUPE DELCOURT
pour l'édition en langue française
6/8 rue Léon Jouhaux
75010 Paris - France